열 개의 땅

열 개의 땅

박지애 시집

불교문예

상상력

없는 것을 만드는 행위가 아니다

있는 것을 찾아내는 행동이다

있는 것 외의 것을 만들 수 없다

안 본 것을 쓸 수 없다

존재하는 것을 끄집어낼 뿐이다

들어가야 한다

딱! 한발 움직인 공간

무한한 세계 펼쳐있다

― 본문, 「25」 중에서

|차례|

▒ ▒ ▒

■ 서문

1장

열 개의 땅을 위한 선線

01

선線에 집중해 마음에 선 그리는

선線이 시간이고 공간

내 선은 그의 선을 따라가고

그의 선도 내 선에 들어오고

내 선이 그의 선에 익숙해지면

어느덧! 늘 어느덧!

집중은 어디가고

그 선에 대한 사랑은 어디 가고

시들해진다

첫사랑을 잊고

그의 선 없이도 될 것 같은

내 선만으로 그릴 것 같은 만용

"제가 한번 해보겠습니다"

결국 나의 선으로 가득하다

예전과 다름없는 듯하나

'그의 선이 없는 것이다'

선은 병들어 있다

확실하지도 않고

짙게 칠해 봤지만

잉크가 나오지 않고

덧칠하는 선

선은 울고 있다

노크를 하며 그의 선 들어오길 기다렸으나

냉정하다

회개의 절차를 밟는다

02

그의 선線은 돌아오지 않았고

문밖에 서서 기다리던 그의 선 아니었다

히스기야 왕처럼 창백해졌고

세마포를 입고 엎드렸으나

언뜻 굿을 그만두라는 선이 스쳤고

푸닥거리 멈추라는 선도 지나갔고

혹독함이 진하게 그려졌다

내 선들로 가득한 마음

선들이 뚝뚝! 떨어졌다

진한 덧칠로 구멍 난 선

절규가 뚝뚝 휘날렸다

내 선은 절망하며

까만 선 길바닥에 흩어졌고

대신 말끔한 백지

그의 선이 쭉! 그어졌다

기적이다

선은 존재의 의미고 명상이다

03

그의 선을 잊는 건

운명이다

구약을 가득 채운 배반의 역사

역사는 배신의 반복

신약의 역사도 닭 울기 전

배신하던 베드로

외계인들이 밑줄 친 믿음

기구한 운명 −신이 선을 잃은 상태−

마음에 지구인들의 선이 가득할 때

선들은 전쟁이 되고

기아 미움 질투……가 됐다

04

측! 측! 그의 선이 지나가자
구멍에 새살이 돋고
'잠'의 형태가 오고
내 선으로 얻지 못한 것들을 얻었고
새 하늘과 새 땅
선의 의문 우주와 함께 풀렸다
마음, 그와 함께 그리는 그림이다

05

선線은 우주다
우주에 있는 선 마음에도 있고
마음속 별이 있듯 선이 있다
신의 선 의지하지 않고 선 건강할 수 없다
신의 선은 지도
집으로 돌아가는
집 떠날 때 우리 뒤를 밟으신 신
혼자 돌아올 수 없는 먼 시공
알기에
아버지는 떠난 적이 없다
신은 기꺼이 뒤따를 것이다
내가 그리는 선에 그의 선이 따라온다

나의 선을 그만두고
그의 선이 올라탄다
그의 선은 사랑이다
오랜 시간 끝에 그의 선과 같은

그의 선을 닮고 싶던

그를 닮은 선을 갖게 됐고

닮아가는 선은

평행 좁아 들면서

결국 하나의 선이 됐다

06

예수의 선은 석가의 선으로
그 선들은 지구를 넘어
우리 은하 넘은
먼 우주에 그림을 그렸다
그림은 집으로 가는 주소
혼자서는 찾지 못하는
우주 저 먼 곳의 집
그의 선 따라 내 선도 먼 우주로 갔고
꼬리에 꼬리를 물었다
집으로 가는 길에서 하나임을
힉스 그 속에서 하나로 왔음을

07

훈련받는 훈련병
선 쭉! 긋고
선 그릴 공간 수색하고
그의 선 꼬리에 내 선을 접합하고
선을 지키는 보초병
야전 침대에서 잠자던
혹독한 훈련
신과 나
둘! 관찰 대상이고
눈 맞추어 작전을 개시
적군이 없는 철통 방어일 때
열두 진주 문이 보였고
새 예루살렘이 보였다

08

선線 읽는 법 배우며
신神을 터득했다
신은 선으로 말했다
웃을 수 없는 지구 가냘픈 선
신의 선은 웃을 수 있는 먼 별로 갔고
가냘픈 선은 넘어질 듯 발자국을 옮겼다
비틀거리던 어린 선은 그의 선 닮아갔고
지구에서 멀어질수록 입이 웃기도 했다
선을 데리고 온
그의 선 목적은 웃음
다른 별이 다가올수록 미간을 펴고
눈이 웃었다

선을 그리기까지
노년이다
웃음이 선에 묻어있고
신의 뜻 일룩져 있나

합당하다

선線 뻗은 만큼 호흡하기에

합당하다

불행이 불행이지 않는 이유

슬픔이 슬프지 않는 이유다

웃는 선線이 달렸다

09

태초부터 뻗어온 선

선 주위에 환희가 묻어있다

'사랑하시되 끝까지 하시는'

신이 그리는 선

그 선이 똑똑! 노크를 할 때

문을 열었고

지구를 보며 울던 눈,

눈 속에 환희가 들었다

악수하듯 선을 잡자

전해지는 진동

선 주위에 머물었고

환희의 땅

신의 선을 탔고

다른 차원이 만져지고

선은 환희지로 왔다

노년 기쁨이 될 사연

미리 읽고 미리 기뻐할

분노로 내게 올 인연이지만

기쁨이 될 것이다

풍성한 선 가졌기에

선을 잡았다 놓았다의 반복

유대 광야 이스라엘 같았던 청춘

그러나 노년 선 유선형으로 올라가며

꽈배기로 붙었다

약속이다

잃어버리지 않겠다는

10

환희로 부푼 선線도

원망이 지날 때가 있다

쓱! "왜 지구로 왔을까요?"

쓱쓱 — "예수와 석가를 만났잖아"

치열하게 준비했다는 그의 선

질문에 답을 하던

쓱 —! "깊은 꼴짜기 건넜지만

그들 –예수와 석가–도 같은 여정 거쳤고…"

답이 같아지는 희망

만지고 있다

11

세마포를 입고 엎드렸고

신의 목소리 기다렸으나

같은 대답이다

"들에 핀 백합화를 보라"

암담한 말이다

머리 풀고 대죄했으나

"들에 핀 백합화를 보라"

기다렸으나

나중에 안 것은 그도 기다렸고

내 선 아플 때 그의 선도 아팠고

신경증으로 아픈 내 선을 그의 선에 태우고…

태초부터 펼쳐놓고

걸어온 선을 살폈다

수소 산소… 아메바… 동물… 네안데르탈인… 21C

곰곰이 읽어보니

집으로 가는 필요 없는 선들은 없다

그의 계획이다

12

펼쳐진 우주에
답들은 이미 있었다
읽기를
백합화는 구걸하지 않았다
읽지 못했다
읽기를 기다린다
백합화는 읽었고
칭얼대지 않았다
밤새도록 구할 필요가 없음을
읽은 것이다 우주를
'이미 있음'을 읽은 것이다

13

그가 찍어 놓은 선

내가 저질려 놓은 선

밑으로 보고 투시해 보고

바람에 날려보고…

신의 선에 닿기까지

실핏줄처럼 울었다

기도하는 방법이다

치열하게 관찰하는

그의 선 구석구석 뚫는

뚫을 때마다 실핏줄 같은 길이 생겼고

실핏줄이 대동맥이 되고 정맥이 되고

관제센터만한 땅을 만들고

관제센터

땅에 싱싱한 피 돌게 했다

14

"기어코 누리겠습니다"

노년의 지혜

"기필코 파내겠습니다"

틀니 덜컹거리며

육체를 잊고

마음에 골똘하다

깊이 들어가 돌진하고

치솟는다

잠영한다

이런 여행이 있었던가?

마음에 우주가 들어왔고

지구는 노인에게 지루한 땅이고

마음 탐험을 위해 잠수복을 입었다

SWIM! SWIM!

15

선들이 가르쳐준

그의 선이 일러준

마음속으로 방향! 분명히 한다

곧장 한발 디뎠고

공간이 있었구나

진정한 땅이구나

땅을 개척하면서

땅의 실재를 보고

데려오고 싶다

가난한 청춘들

이 공간에!

16

어떻게 가르치지? 이 공간

우리가 공유할

숨 쉴 -천상처럼-

실상의 장소

지구를 피해

들어가는 공간

흑! 삼매다!

태초의 공간

털썩 주저앉았다

청춘 어떻게 보여주지?

끝없이 선을 그리며

날다 보면

꿈속과 마주친다

다르지 않다

투박한 우주복 입지 않고도

별에 가고 색을 보고 빛을 보고

우주인이다

석가와 예수가 다그치던

시간과 공간

늙은이 즐길 거리

명상

선을 그으며 신의 선과 춤추는 것

명상

지도와 약도를 마련했다

아득하다

털썩!

어떻게 지도를 보여주지?

청춘에

17

삼매에 드는 걸 즐긴 석가

지구인들 보라고

가부좌하고 눈은 내리고 입에 미소 젖고

우주 느끼면서

위빠사나를 권하던

공간으로 한 발 넘으면 우주다!

지구인 넘어오라고

한 평 땅에서 우주로 나오라고

EXIT!

석가는 집으로 가는 길을

실제로 해 보였다

LET'S GO!

18

물질적인 건 없다

마음에 공간을 파면서

공간을 파고들고 나면

그 땅이 내 땅이 되는지도 몰랐다

재미를 본 건 시간을 오래 투자하면서

노인의 때

지구에 땅이 없지만

마음 등기부엔 별 블랙홀 블랙matter 우주…

인감도장 찍혀있다

속도를 내기 시작했고

가속이 붙었다

관점이 옮겨졌다 지구에서 우주로

19

어느 날 알았다

전생에서 선을 뽑아내던

선으로 신의 선을 찾던

한 선이 와서

지구에 내 선과 이어졌고

뱉어논 글 잠시 읽고

그의 선을 따라 전생의 흔적을 이어 간다는 것

영혼이 하는 일 그것이라는 것

미래 역시 선을 잡고 그의 선을 다가가는

그러면서 땅을 넓혀가는

20

신은 그랬다

같이 춤추는 건

진화하며 수준으로 들어오라는

어린 선 힘들었고

선과 선이 접속되어

진짜 세계 속으로 들어가는

신을 만나야만 되는 운명

어린 선線 고달팠고

그 사연 전하라던 그의 선

우주 영역인 선을

우주 언어인 선

지구 언어로

난제다

아무도 설득시키지 못했다

글을 뱉을 뿐이다

그다음은 신의 차원이다

"그렇지?"

21

훈련은 그것이다

강하게 버티고

버티며 답을 물고 오는

마음속으로 잠행해

꼭 맞는 도형 물고 오는

치솟아 퍼즐조각을 찾는

깊이에서 지도를 보고 오는

유선형으로 열쇠 물고 오는

답들은 글이 되고 음악이 되고

·················

삼매의 퍼즐이고 도형을 맞췄고

훈련이었다

기술을 익혔고 날렵한 장인이 되기까지

우주인들 GO! GO!

22

진화하지 않는 영혼엔 혹독했던
다그치는 선
우주 태어난 이상 획득해야 한다
예외는 없다
우주인의 무게를 견뎌라
시간을 마음의 공간에 풀었다
시간이 한 것은 그것뿐이다
신의 선 나의 선
그림을 그린다
나선형 은하 작은 별 태양계…
우주 속에 내가 있는 게 아니다
신과 내가 우주를 그렸다
단순한 피조물이 아니었다
같이 창조했고 신과 하나였다

23

신의 선 읽고부터 위치를 파악했다

동서남북 태초 은하 비상비비상……

물고 와야 하는 주소 익혔고

진실을 건지기 위해 다이빙인지 솟구쳐야 하는지

깊은 잠영으로 파내야 하는지

선을 읽으며 알았고

지구 서투른 손짓도 신의 의미임을

명상으로 수영할 때

물속에서도 신의 냄새를 맡았다

24

상상력

없는 것을 만드는 행위가 아니다

있는 것을 찾아내는 행동이다

있는 것 외의 것을 만들 수 없다

안 본 것을 쓸 수 없다

존재하는 것을 끄집어낼 뿐이다

들어가야 한다

딱! 한발 움직인 공간

무한한 세계 펼쳐있다

시 그림 발명 기하학 철학……

물고 오면 지구 발명품

지구가 환호할 USB

25

지구는 답을 요구한다

지구가 원하는 답은 속에 있다

거리에, 까페에, 와인 잔 속에, 사람 속에……

밖은 허망함 뿐이다

진창 술 깬 아침의 갈증

군중들과 말한 후 역겨움

밖은 없다

속으로 들어가는 훈련

모세도 광야에서 했고, 야곱도 히스기야도

슬플수록 깊이 들어갔다

깊이 들어가 답을 물고 와

세상을 건졌다

26

얼굴이 바뀐다

마음 얼굴로 왔고

마음이 얼굴에 젖은 것이다

지름 넓혀가

마음 원하는 동그라미 그렸고

환하다

얼굴이 환하다

우주 마음 여행이고

석가가 안내하는 우주여행

찢기듯 넓어지는 여행

얼굴 성형수술한다

27

허공이 내 말을 듣고 있다는 것을
나도 허공의 뜻 읽고 있다는 것을
신과 독대하며 그가 쭉! 그으면
나도 쭉! 그었다
선과 선이 얽혀 솟음이다
신이 허락한 공간

28

좁아서 아팠다

나를 버리고 뜻을 따랐고

좁음 속에서 큼을 배웠다

큼은 하늘이 열리고 천사가 오르락거리는 게 아니고

신이 우당탕탕 들어오는 게 아니다

작은 명상을 모아

큼으로 간 것이다

29

인연이 갈등할 때

처음 상태 기억하려 한다

인연과 인연은 서로 멀고 -지금-

황당한 상황이지만

아득한 처음에 머물렀을 때

이해 못 할 무엇이 있을까?

극심한 갈등 태초에 의지했고

태초는 신비한 해법을 일러줬다

고도의 진화 상태

태초의 텔레파시는 해결할 거야

-어떤 갈등이라도-

30

지구를 배당받았다

솔로몬의 모든 영화로도……

다른 별로 가고 싶다

최고 진화 상태 호모사피엔스 땅에서

먼 별

아스트랄계

춤추고 싶다

춤은 태초에 계획된 메시지

시간과 공간이 멀지만

화려한 춤 추는 곳

한 발짝을 디뎠고

마음속이다

먼 별이 보인다

31

여행을 즐겼지

나이 들어 다시 여행한다

큼직한 plan

독실한 심신으로 pasport를 얻었고

다른 차원 언듯언듯 스치는 꿈에서

목적지를 정했다

인간이 여행을 즐기는 건 운명이다

비행기는 준비됐나?

아님 우주선?

한발만 움직인다

마음 안으로

차원을 탔다

32

손 씻는 병은 낫지 않는다
병 든 것이다
병으로 확인했고
증세 심해져 갔고
지구는 더러운 별이고
진화 과정에서 미개 문명별
설법에 설득됐고
병든 것이 아니었다
더러운 별이 맞고
감내해야 할 형벌이다
증세를 알아들었고
해괴한 일이 아니다
이 별의 법칙이고
적나라한 모습이다
무지개 오로라…
우리가 다른 별에서 왔기에 결벽증이다

33

명상

나도 타인에게 배울 수 없고

가르칠 수도 없다

잡다한 글 적어 보지만

도움 될 수 없음을

우주로 들어가야 할 영혼

영혼 하나마다 응답해 주는 우주

신과의 관계로 이룰 수 있다

인간에게 의지할 수 없고

오히려 갉아 먹는다

우주와 대화할 때

독대

깊이와 넓음에 빠지고

명상

인간을 접고 떠났다

34

선은 아크로바틱으로 땅을 얻는다
땅 얻는 것은 선의 전투고
아기일 때 땅은 넓었다
별에서 온 아기 거침없이 웃었고
시원한 선이 마음에 가득했다
몰랐다
그것이 사는 이유인지
잃었다
웃음도 시원한 선들도 툭툭
다시 얻기까지 흉터고
선을 아크로바틱으로 다시 얻기까지
멀리 온 것이고 원행지
다시 잃지 않을 부동지
고백할 수 있는 선혜지
그래서 환희지
·················
열 개 땅에서 욕심은 하나

땅을 넓히는

잃었던 시간은 더 단단한 빛을 발했고 발광지

치솟는 선에 비가 내려 주신다 법운지

열 개의 땅은 경험 가득한 선들이다

35

마음 암벽 등반 중

손가락에 피가 몰리고

발가락 안간힘이다

돌 손으로 잡고 바위 발로 버티며

10센티 올랐다

우주에 매달리다 일그러진다

뼈는 골다공증 팔뚝 축축

마음 돌에 매달려 있다

땅을 위한 허기가 하는 행위다

피곤이 저벅저벅 올 때도

사방의 끝을 잡는다

동작은 그 너머를 잡는다

잠 속에서도 동작이다

허기다

허기가 하는 자세다

한 평 땅이 없을 때가 있었고

우주에 매달려있다

36

투쟁 아니면 산 것 아니다

비참한 권태

행동은 의미를 잃어

시간과 공간 숨 쉬지 않는다

죽은 시공으로 쑥! 그의 선이 와

부시럭 부시럭 내 선을 잡아 코드 꽂았다

선의 투쟁을 잡았을 때

살아냈고

포복해 들어가는

그 땅으로 각계전투하는

선의 전쟁

살아 퍼득거리는 선

몽롱하게 갈 수 없고

권태로 갈 수 없고

37

파랑

그것 색계의 색이다

동그란 물감들이 떨어져 팽팽하다

물감이 환희다

천지가 동그란 파랑

이미 십지 땅

벗어난 것이다

지구의 것이 아니다

충분한 느낌이 왔다

"진실을 보여주세요"

파랑 십지 색 이마에 뚝! 떨어졌다

확인시켜줬다

색계 물질이란 걸

하늘로 떠 있고

색계 물질 속에 들어가 있었다

언제 이런 희열이던가?

38

문득 별 사이

별들 희열 감정에 섞여들었고

별 만졌던 손으로부터 별 느낌 들어왔다

별에 부딪힐 때마다 별 감정들 옮겨 왔고

별들 끝까지 솟았고

그곳이 최고의 희열인 듯

십지

희열이 먼저 왔고

비로소 한 번도 '기뻐하지 않았구나!'

환희 불쑥 올라오며

땅에 CHECK-In

39

불佛 새겨져 빛나는 금강

이마 위에 떠 있다

영혼은 공간에 떠있는데

'진짜인가요'

불렸다

빛나는 금강은

이마 위에 있고

확인하고 싶었고

확인됐다

"모두 위에 떠 있지"

액체 같은 DIAMOND 이마에 떨어졌고

확신 두터운 기쁨만

잊지 않는 기억으로 박혔다

한번 본 색과 빛

끝까지 살아 있다

40

원행지 보고 숨이 탁 놓였다

멀리 가려고 애쓴 게 나만이 아니구나

인간의 땅에서 멀어지려

잠 속에서도 발을 달렸던

원행지

글 하나하나 겁의 시간 묻어있고

기계적으로 척척 인쇄된 책 '화엄경'

아승지 시간이 묻어있다

획순에 담긴 사연

용수의 작가 정신

우주를 알게 한 용수

I LOVE YOU

41

용수

사력을 다한 화엄경

욕계 파도가 와도 선명하게

글자를 드러냈고

땅을 얻게 했다

십지 땅을

또 그만큼 욕계 땅 줄어들게 했고

툭툭 더러운 땅들이 떨어졌다

나약할 때 또 들러붙겠지만

땅 침략받겠지만

우주인 용수

THANK-YOU

42

갈등 미움 질투……가 크라이막스
문학 되는 줄 알았다
무작정 기쁘다면 시가 될까?
기쁨만으로 소설이 될까?
욕계 예술은 12연기 생로병사
예술에 깔려있다
울면서 태어나고 고통 속에 죽는
그러나 십지
무작정 풍요하면서도 극적이 되고
크라이막스 되고
이공계조차 수학 과학 천문학 종교학……
무작정 환희가 묻어있다

43

H He Li Be B C······

12차원 원소로 만들어지는

원소들이 만들어 낸 현상

원소들이 흩어지는 모양

십지의 모든 것

원소부터 십지다

원소H 환희 원소He 이구 원소Li 발광

원소Be 부동 원소C 난승······

원소부터 성불이다

44

영혼 뻗은 만큼만 뻗고
선만큼만 솟았고
선으로 아크로바틱
그랑 드방
크로와데이션
폴드브라
영혼의 동작
지구에서 닦은 선
딱 그만큼만
그 선을 잡고 영혼이 날았다

두 선으로 뻗고 한 선 평형으로
선이 하던 동작
만
명상이 되고
활자로 적혀있던 십지
글로 받아 선으로 상상하던

선善으로 선線 긋던

지구 치열하던 명상

딱 그만큼 십지 기초석 됐고

투쟁하던 선

딱 그만큼 십지 기본 체력이 됐다

45

그의 선 나의 선 따라가며

욕심이 빠졌고

선에 명상이 묻고

미움이 빠졌고

그의 선과 나의 선이 겹쳐서

전쟁이 빠졌고

선에 삼매가 묻어

질투가 빠졌고

선에 8정도가 스치며

침범이 빠졌고

성경의 문장이 실행되는 곳이고

불경의 구절이 완성되는 땅이다

46

속력 수학 기하학 도형 천문학……의 진화는

공간이동 시간이동 '빛보다 빠른'으로 적용됐고

'빛처럼'은 오히려 '느리다'의 표현이고

열가지 땅

십통으로 설계됐다

타심통 천안통 누진통……

PASPORT이고 TICKET이고……

47

크라이막스에 끼어있던 눈물 죽음 살인…

욕계 예술

보시 지계 인욕 선정…만으로 예술을 하는

환희 이구 발광 난승 부동 법운…으로

크라이막스 만들어 내는

바르게 보기 바르게 생각하기… 8정도로

절정 만들어 내는 십지

48

그러하므로

욕계는 더 어두워졌고

색계는 더 빛났다

마음이 하는 현상이다

마음은 욕계처럼 어두울 수 있고

십지처럼 밝을 수 있다

증명되었다

땅들이 하는 현상이다

49

육체를 벗어난 영혼

먹고 마시고에서 벗어났고

본질에 몰두했다

집에 가는 방법

완전 다른 주제로 살았고

차원을 달리하는 4.5.6.7…… 차원으로

집중하는 ENERGY 나선형으로 올라가며……

예술 철학 과학 수학……

기하학 미래학 고고학……으로 지도를 만들었다

삼매는 모든 것을 풀었고 선線이 완성됐다

집은 가까워졌다

50

외계로 가는 것은 투박한 -천박한-

우주복을 입는 것이 아니라

벗는 것이다

육체를 벗고 벗고 외계가 싫어하는

미움을 벗고 전쟁을 벗고 상처를 벗고……

영혼 하느적하게

삼매된 마음만 가지고

철을 용접한 우주선의 엔진은 끄면

영혼은 먼 별로 날 것이다

51

그랬다

선線은 환희였고

선은 때를 민 땅이고

열 개의 땅에 갔을 때

때 민 선線에서 빛이 났고

활활 타는 광光이었다

선線 먼 거리 날아왔다는 걸 알았고

이루기 어려운 땅에 도착했다

법의 비가 내리는 걸 봤다

본 것이다

비는 선線으로 들어가 선을 가득 채웠고

선을 터져나와 설하고 있고

더 이상 요동이 없고

번뇌가 날 흔들지 못했다

선線은 십지가 됐고

우주는 선이 됐다

52

용수 화엄 세계를 보고
지구 더 힘들었다
K F Na H Fe···
원소로 만든 육체가 힘들고
중력이 구슬펐고
물질들이 저급했고
과학과 무엇보다 천문학은 낮았고
····················

용수 화엄 속에서 헤엄을 쳤고
물속에서 선線을 잡았고
선線이 보여 준 열 개의 세계는
지구를 더 비참하게 했다

53

선線은 뒹굴었고 지굴 지옥 허덕였고

동물의 무지 거쳐

아귀 아수라 헤매다

선線 십지에 온 것이고

신비다

지구 선線 원행지 되고 동물 선線 부동지고

아귀가 환희지고 아수라가 발광지고

지옥이 법운지고

…………………

우주 현상은 신비다

하나라는 신비

54

신이 아니다

힉스에서 터져 나온 마음

마음이 만든 우주다

지구 명상에서 선을 그리던

그 선들과 신의 선이 만든

집을 멀리 나갔고

집의 따뜻함 잃고 있을 때

밖에서 노크하는 신에게 문을 열던

한 발짝 내딛고 그림을 그렸던

선들로 춤추던

선들이 별이 됐다

55

사리자 그림은

VNM 색으로 3241 LUX 빛으로 QYR db로

매개체가 색 LUX db이고

아브라함은 염혜지49% 법운지29% 선혜지28%를 섞어

그림 그린다

매개체가 십지

수보리 부동지50% 난승지 50%로 소설을 쓴다

소설이 성불하고

이삭 염혜지50% 환희지25% 발광지25%

섞어서 천문학하고

IDEA 번쩍인다

우주 구석구석 십지에 들어왔다

용수 우주를 한 권 책으로 엮었다

56

법운지

XXXX Hertz TTTT LUX

ppppp lumen ggggg 스펙트럼으로

십지 스텔스기고 탱크 기관총…이다

지구 슬플 때

지구 위기일 때

무기고를 열고

XXXX Hertz TTTT LUX pppp lumen

gggg 스펙트럼

지구 폭격한다

오로라로 뒤덮이고 무지개가 가득이다

지구가 웃었다

57

수학은 진화해서 환희에 탔고

건축 난승에 올랐고

음악 원행지 보살이고

과학은 법운지 보살

기하학 발광지

철학 선혜지

법학 부동지……

학學들이 십지로 통했다

열 개의 땅은

강렬한 땅 되고

우주 IDEA BANK

다른 별 진화 위한 전진 기지

수학의 별빛을 빤짝인다

건축별 음악별 과학별 기하학별. 철학별 법학별……

지구 하늘 학學들의 별이 쏟아진다

58

지옥도 마음이고
천국도 마음이다
살기殺氣 마음에서 풀어내면
지옥 시공이 되고
신이 만든 지옥 아니다
잔인한 마음 호흡으로 내뱉으면 아귀
신이 만든 아귀 아니다
나태함 호흡할 때 동물계 만들고…
선善을 호흡하면 천국이고
성불을 뱉어내면 십지다
마음이 땅이고 땅이 마음이다

59

십지 닦은 마음들이 모였다

물리적 공간에 얽매이지 않는다

주파수만 맞추면 그만이다

지구에서 선으로 주파수 찾던

우주 강력 주파수 ENERGY 강력하다

강력한 ENERY 어디에 쓸가?

선善한 ENRGY ZERO의 땅

지옥 아귀 동물에 집중 포화한다

선혜의 스텔스기 난승의 박격포

부동의 미사일 법운 핵……

우주 전쟁

60

화려함보다 말끔함

지구 결벽증 치료됐고

열 개의 땅에서 약 먹지 않는다

빨강 파랑 약들을 버렸고

세균 바이러스 먼지 더러움이……

원천 봉쇄된

말간 땅

진공상태

손잡이 앞에서 머뭇거리던

더 이상 결벽증 없다

61

환희는 더 깊고
이구도 더 높고…
진화하고 있다
발광 더 찬란하고
법운 영롱함
염혜 더 쪽빛……………………
열 개 땅들도 진화하고 있다
나태한 땅은 없다
어슬렁거리는 영혼 없고
권태스러운 영혼도 없다
더 공간에 시간에
삼매로 투쟁하는
공간 어디를 찔러도 난승이고
시간 어디를 찔러도 부동이다

62

색즉공 공즉색

우주 최고 문장

빅뱅 때 구호

우주의 시詩

우주 평가 카트라인

우주 주문이다

깊은 반야바라밀다 속으로

빨려 들어가

관자재보살 만나면

글을 내려주시는

"색즉공 공즉색"

2장

열 개의 땅

01

지구 신비는 잠이다

늙어가며 정체 드러내는 잠

언 듯 보여주는 기쁨

아플수록 기쁨

기쁨 보여주는 것은 '견디라'는 메시지

통증으로 마지막이 싫을 때

꿈을 기다린다

비몽사몽 다녀간 꿈

꿈을 잡으며 선을 잡았다

02

꿈이 가르쳐 줬다

도와주고 싶은 십지의 절박함은

3차원 흐려질 때

경계 뚫고 들어왔고

십지 별 보여줬다

자체로 기쁨인 별

3차원이 무방비일 때

차원 다른 별들 들어 올 수 있었고

지구 여행을 챙기던 가방을 버린 것도 그때다

한번 본 차원은 잊혀지지 않고

죽음을 기다리는 노인은

죽음 같은 잠을 잔다

아기도 배냇짓 하며 잔다

그곳에서 온 지 얼마 안 된 아기

그곳에 가기 얼마 안 남지 늙은이

자면서 웃는다

03

노인의 내공

끝까지 표정 흩트리지 않는 것

아침이면 희미한 눈으로 밝음 보지만

어둠이다

가피로 밤을 기다리는 것

꿈은 낮 동안 명상으로 남고

지워지지 않는 별

외계의 증거들

복기하며

소파는 우주 정거장

04

잠자는 노인들

우주여행

마음으로 본 것이다

안이비설신의 아니고

마음이 본 것은

좀처럼 눈귀코입몸으로 전할 수 없다

3차원을 넘는 세계

3차원 색도 빛도 진동도 아니기에

색이 바로 메시지고

빛이 전달 매개체고

진동이 바로 표현

글을 매개로는 힘들다

05

삼 분의 일을 잠으로 보낸다

휴식 이상의 것이다

잠이란 독특한 현상이 없다면

우주가 보내는 주파수를 맞출 수 없다

인간은 우주인이고

신호를 찾아 마음에 콘셋 꽂아야

다음날 싱싱하다

우주 SIGNAL 포착해 진화하는

UFO는 잠이고 명상이다

06

인간은 왜 살까?
무작정 달려왔던
끝은 뭘까?
늙음이 SIGNAL 포착하지 못하면
한탄한다
화두를 풀지 못하면
늙음이 아프고
진실로 고달프다
지극한 화려한 다음 페이지를 두고
깜깜하게 보내다니
우주는 준비했다
어떤 물음에도 답
세계가 있다

07

만져보지 않는 것을 쓸 수 없다

보지 않은 것도 쓸 수 없다

냄새 맡고 먹어 본 것이 글이 된다

별을 쓰는 것은

우주가 보여줬고

인간이 갈 땅이다

그곳에서 왔는지도

영화도 그림도 과학도… 지구를 떠나고 있다

갈 곳을 가는 것이다

철로 된 우주선으로도 가겠지만

소파 위에서도 간다

밤마다 벌어지는 일이다

화두 -인간은 뭘까?-를 벗겨내고 있다

08

부탄 아이들 명상한다

33천 뛰놀며 웃을 것이고

밤하늘 부탄에 내려앉으면

별을 갖고 놀 것이다

별을 닮은 아이들

눈이 깊다

SIGNAL에 주파수 찾은 모양이다

우주 선진 기지

철로 된 우주기지가 아닌

마음이 UFO

더 멀리 더 깊이

별에 가고 있다

09

전쟁은 끝났다
전쟁에 긁힌 흔적 남았으나
전쟁은 끝났다
그러나 마음에 미사일 폭격하고
파편 흔적들이 그대로
흉터에서 피가 흐른다
싸움은 끝났다고!
치료견이 혓바닥으로 얼굴 핥아도
군모 챙겨 침대 밑으로 포복한다
마음 전선에서 떠나지 못했다
군인은 오랫동안 전투병일 모양이다
의사가 빨간 파랑 약을 수두룩 처방했지만
증세를 잠재우지 못했다
SWEET HOME에 돌아왔지만
군인은 포탄 속에 있다

10

어떻게 전쟁터에서 끄집어낼까?

흉터를 지울까?

마음 세밀하고 조심스런 것이다

아기가 태어나는 것은

마음 하나가 온 것이다

세상도 이 마음에 그림을 그릴 것이다

그려지는 그림에 대응하는 무기를

줄 것이다

십지十地

권총이고 발사포고 미사일이고…

선 관찰하는 명상

명상을 배우면 약을 먹지 않는다

11

마음을 다쳐보고야
우주 마음임을 알았다
마음 상한 뒤에야
비로소 마음 보였다
상처는 반전이었고
상하지 않았다면 살피지 않았고
잃고서야 헤집어 보았고
후시딘 발라 줬다
상처는 외적인 것 앗아갔고
빈털털이이지만
없고 잃었고 부서졌지만
마음 찾았다
그것이면 됐다
졌고 패했고 잃었지만
그것이면 됐다

12

다 뺏겼지만
모으기 시작이다
남은 통장 부동산을 챙긴 건 아니고
내 선들 그의 선들
건강한 선
활기차게 뻗는 선
싱싱한 선
약을 버렸고
시들시들하던 선들은
다 떨어졌다
큰 선들이 정맥 동맥이 되고
결국 일어섰다
다 뺏겼지만
이겼다

13

상처는 글이 되고
끄적임 상처가 하는 놀이
아픔 직업병으로 받아들였다
농구 선수 무릎. 배구선수 어깨
피겨선수 허리…
글잡이 마음
받아들였다
값을 치러야 한다면
올인한다
그의 선 나의 선
명상이 문제 푸는
방정식. 도형 기하학⋯⋯의 공식이 됐다
아픔이 관자재보살 반야바라밀다
겪을 수 있게 했고
전생의 계획으로
쓱! 마음 하나가 왔고
쓱! 마음은 진화할 것이다
우주 그 여행이 다다

14

연인 사랑을 적어 볼까?
시도한 적이 있다
절벽이었다
단 한자 자음도 모음도 나오지 않았고
텅 빈 공간 파낼 것은 없고
사랑으로 살아온 시간이 없고
와인 해변 키스 고양이……
짤아도 한 방울도 없다
전쟁 비상구 훈련 계엄령……
온통 이런 상황이다
마음에 모아 둔 것만 글로 나온다

15

원소 C H O Fe…로 만들어진

3차원 물질 중 걸작은 아기다

지구 차원 떠나 있다

눈빛 입술 엉덩이 호흡…

3차원 것이 아니다

십지 몸짓을 하고

어른들은 원소 모임인

살갗 만지며 다른 차원

아마 느낀다

아기를 안으면

아늑함으로 폭격당했고

다른 차원 스친다

지구로 온 아기

원소로 보시

몸짓하겠으나

울었다

3차원 견딜까?

16

원소를 품어 10달 보낸 여자

육체로 4kg 빼낸 여자

4kg으로 빠져나온 아기

위대한 호칭

'아기와 엄마'

보살이다

보시 지계 인욕⋯ 문득 맛보고

환희지 이구지 발광지⋯ 십지를

흠칫 본다

4kg의 원소 덩어리에 마음도 같이 왔다

기적이다

17

십지 상태를 알고 싶다면
산고 뒤 생긴 상태
무작정 만들어진 상태
절간에서 배우지 않았고
우주 현상
젖이 생산되고
어미 모유를 아기에게 물리고
아기는 본능적으로 자기 것임을 안다
지구에서 십지
산고를 겪은 엄마와 아기

18

울었다

가냘픈 마음 하나가 왔다

둔탁한 시간 공간에

견딜까?

어설픔으로 3차원을 막아줄

헌신獻身 꺼내 보지만

십지 무기들을 줄 것이다

무술처럼 권법 가르치는

아기 무심히 엄마 입을 볼 때

귀에다 넣어준다

커서는 듣지 않고

3차원이 몰려들 때

언듯언 듯 종소리 울릴 것이다

최후 무기 십지

19

엄마는 골똘하다
걸어봤기에
마음 하나로 이 땅에 파견 온
아기도 걸을 것이다
끔찍하다
색계에 낳아주지 못하고
3차원에 귀중함 낳았다
수레 태워 색계로 도망치고 싶다

20

견디는 청춘 보면 내 새끼
꾸역꾸역 나가는 청춘 내 새끼
뚜벅뚜벅 항복하지 않고
무릎 세워가는 청춘 내 새끼다
덜어 줄 수 없는
기다리는
모른 체하는
어미가 할 수 있는 다다
발길질 채이는 새낄수록
엎어지는 새낄수록
어미 깊게 모른 척하고
모질게 기다려 준다.
청춘 뒤에 어미가 있다
언젠가 도달할 것이다 싶지

21

어미는 울 수 없다
어미가 할 말은 꿋꿋이
"괜찮다 내 새끼"
남은 한마디
"괜찮다"
모든 감정을 모아"괜찮다"
떠날 때도
"괜찮을 거야"

22

끄적이며 온 건 선혜지 얻고 싶어서

흔들거리는 토시 있는지

우쭐거리는 동사 없는지

말쑥한 글 읽혀지게

글들을 고르며

정확한 명사 골라 선혜 이루게

매력적인 끌림에 멀리 왔다

청춘들의 귀에 다듬어진 설법 쏟아 넣게

거슬리지 않는 문장

목 넘기기 부드러운 단어들

십지가 그려진 글

선혜지의 글이다

23

늙은이 공책과 연필을 산다
학생들이 들락거리는 문방구에서
연필과 공책을 고르며
십지들 웃는다
선線으로 가득한 마음은 십지를
공부한 흔적이다
까만 글씨 하얀 공책에 뱉으면 된다
살게 하는 행동
늘그막이 일이 없었으면
권태 목 죄었다
글들 들쑥날쑥 점잖지 못하지만
청춘에 보여주고픈 안달에
연필과 공책 산다

24

선혜스러운 글 쓰려면

글 펴놓고 글 다듬는다

글에 언짢은 교만 티끌처럼 섞여 있나

불경스런 단어 먼지처럼 묻어있나

고르고 고르다

묽은 글 되진 않을까?

엎드리다 알맹이 빠질까

선혜지가 묻은 글을 위해

용수에 절한다

25

애들 앞에서 자만한 적 있고

어깨 뒤로 재친 적 있고

허리를 고추 세운 적도 있다

선혜지 만나기 전이다

선혜는 부처를 소개하는 것이다

태도를 몰랐고

전달하는 방법 못 배웠고

글 적을 때가 아니다

수행이 끝났을 때

삐쭉한 입꼬리 내려보는 고개……

글은 선혜의 글이 아니다

26

도망치다 멀리 왔다

잡힐 듯 달렸다

먹힐 듯 한번 먹히면 오랫동안 그 감정에서

벗어나지 못했다

하류 인생

밑바닥 우주

물속에서 당기듯 감정에 먹히면

감정 물처럼 스며들었고

그 아류들이 그랬다

마음 저 밑 오래 내려갔고

숨을 못 쉬었다

우주 환희와 절규가 반으로 나눠 있고?

"그렇지?"

27

사실적인 묘사다

욕계에서 비참함을 피하려

사력으로 질주했다

반동을 이용해 이곳에 왔을 수도

바탕색으로 질투 욕심 아집…

깔려 있던 땅

억지로 수행하고 선정이 배도록

반야가 익도록 움직여야 했던 땅

바탕이 희미해질 때

후다닥 챙겨 달렸다

언뜻언뜻 원행지가 보이고

얼룩얼룩 환희지다

웅크리던 눈썹을 펴고 미소다

수행을 담보로

선정의 화폐로

인감도장을 찍었다

28

욕계 색계는 서로 달아나는 땅이다

땅 자체로 전쟁이다

땅이 치열하다

공간이 하는 전투다

금이 그어진 경계선

욕계가 짙으면 색계도 화려함 더 하던

땅 자체가 웅변이다

욕계가 구슬플수록 색계는 환희다

29

기계들이 스며들었다

기계들이 점령했고

인간 손에서 도구 빼앗았다

은행에서 마트 터미널⋯⋯

기계들과 주고받고

노동은 기계 것이다

4차 혁명이 끝날 때쯤 인간 일은 뭘까?

지극히 뇌 창조적인

idea 어떻게 가져올까?

기계들 침범한 지구 극히 소수 인간

살아남을까?

열 개의 땅에서 파온다 IDEA

기계는 명상할 수 없다

반야의 코드를 심어주면 주파수를 맞출까?

원소의 합성체지만 휙스에서 온 마음 아니다

30

먼저 마음으로 왔고

그 마음이 원소를 모았다

"아닌가?"

기계는 원소의 뭉침일 뿐이다

기계와 WIN WIN할 4차 혁명

노동은 기계 몫이고

인간 본래로 돌아간다

명상으로 파온 IDEA 기계에 심어준다

IDEA를 얻으려면

우주에서 서성거려야

인간의 본질을 찾아주려

우주가 기계를 보냈다

31

4차 혁명과 corona가 같이 왔고

마스크로 입을 막아버린 것은 우주였다

카페 탁자의 의자를 없앤 것도 우주였고

UFO로 쳐들어오진 않았지만

폭력적으로 우주가 왔다

진화를 위한 공격이었다

우주의 적은 진화하지 않는 모든 것이다

32

아기 낳는 여자가 없다

정자 제공하는 남자도 없다

인간 수가 줄어든 땅에

기계들이 움직이고 있다

소수 정예 인간만 필요하다

정예부대 훈련 교과목에 육체는 없다

날카로운 마음 훈련으로 CHATER 찼다

고도의 선정

특수부대 반야

십지를 부싯돌에 갈 것이다

십지의 빛으로 기계를 지휘하고

인간은 극도의 명상뿐이다

33

페스트 후 종교는 진화했고

탐험가들 바다로 나갔다

CORONA 후 종교 진화하고

우주로 나갈 것이다

언제나 우주 먼저 움직인다

일거리 없는 인간들 내몰리지만

비상구는 없다

인간 일거리 우주에 있다

짜내도 지구에서는 없다

태초 우리가 왔던 기억이 핵심이다

오래 눌려 앉았지 않나?

내모는 것이다

양을 모는 목자 손길

EXIT 우주다

페스트 후 종교 진화로 망망대해로 나갔듯

"가능해?"

"응 우주로 갈 거야"

34

마음을 이동시키고 있다

우주로 이동한다

혁명 초기 우왕좌왕 생소하나

혁명 시작됐고 뒤로 갈 수 없다

뒤로 가는 혁명은 없고

주파수를 맞출 것이고

우주 소리 들을 것이고

보았을 것이다

콜럼버스처럼 돛은 내리고 땅 떠난다 바다로

21C

땅 떠나지만 우주로 –아버지가 마련한–

35

아무센 남극점 얻었고
에드머드 힐러리 히말라야 올랐고
자크 쿠스토 바다 깊이로 나갔다
인간은 DNA 속 탐험 기질이 있다
역사다
21C 역사
우주 탐험
십지 지도를 보면서
명상 선線으로
선을 잡고 우주 탐험
21C 인간 지구로 만족할까?
빅뱅으로 떠나온 핏줄
철로 된 새로 밟아 보기엔
육체는 거추장스럽다

36

인간이 거룩할수록

깊다

갈 길을 안 것이다

CORONA로 독거하고

강압적인 포즈를 보이는

우주

자애롭지만은 않다

혹독하다 진화에

37

욕탕 온기로 가득하고

비누로 씻은 몸 이태리타월로 민다

때가 길죽길죽 밀리고

냉수 한 바가지 부어주면

육체는 새것이 된다

마음의 때를 이구지에서 벗긴다

이태리타월은 명상이다

질투를 밀고 탐진치가 우두둑 씻긴다

6바라밀 한 바가지 부어주면

12연기도 씻긴다

새것이 됐다

38

용수 화엄 바다

다이빙 깊이 한없는데

성불의 도서관

선명한 글들이 바닥에 깔려있다

단어들이 섞이며 빛이 났다

염혜다

불순물이 없는 99% 참이다

마음 100% 순수 물질로 물들인다

선이 금으로 염색되어 100% 금이다

명상의 방법을 가르쳐준 용수

순수 물질로 염색된 선

염혜지

39

부동지 난승지를 듣고
윤회를 믿었다
화엄의 바다에
막막함에 깊이에
부동지 깃발을 난승지 깃발 휘날리기엔
아승지 겁 시공이 필요한 선線
윤회만이 가능성이 있다
윤회 작은 선線에 우주 인격을 준 것
선에 우주 가피가 묻었다

40

한 생 얼마의 땅 밟아 볼까?

어느 깊이까지 내려갈까?

난승지 부동지…… 부처의 입에서 나온 말들이다

어려운 우주

화엄경의 공간 법화경의 시간

지구에서 듣지 못한 크기다

짧은 선線 윤회는 은혜다

모자라기에 선線 윤회는 가피다

윤회로 이어붙이는

아픔인 줄 알았던 윤회

사랑이었다

41

습기 가득한 부스가 습기를 뚫고 빛나며
숨겨졌던 빛이 역할하기 시작했다
선線 절정의 빛 발했다
빛의 경계에 들어서는
단계 올라온 선線
하류 벗어서나 빛 대열에 도달했다
십지十地 수준 갖췄고
별빛에 물들었다
쪽빛으로 보이는
쪽빛이 염색되어간다
염혜의 땅

42

색色은 사랑이고 지혜고

신의 색이었고

무명과 같은 마음

쪽빛으로 물들었다

신비!

시간 모든 것

모든 공간에

십지가 준비돼 있다

색으로 염색되는 선線

흐릿했던 선線

신의 색 쪽빛

지워지지 않는 색으로

선線은 염혜의 땅으로 스며들었다

43

시계추처럼 흔들거리던 선線

움직이지 않는 땅 부동지에 왔다

부동의 진정 선線에 뚝뚝 떨어지는

시계 같은 흔들거림에 부동의 격이 장착되자

선은 허느적거림 멈추고

각 잡힌 전투병이 됐다

침투할 눈빛이고

부동지의 전투병이 됐다

44

선線 별과 별 건너뛰었고
확인하고 싶음
성큼성큼 날기도
난승의 별에 왔다
오기 어려운 땅
선 십지 십통으로 확인하고
땅들 성격에 물들고
성격을 흘려주었다
환희하며 물들며
환희를 흘려줬다
밑의 땅들도 돌았다
지옥 아귀 아수라…
땅들 슬픔에 절어있고
발마다 고단이고
고통이 까맣게 물들어 있었다
슬픔이 흐르고 고단 고통이 흘렀다
선에 묻을까
선은 화들짝 그의 선에 올랐다

45

법운지에서 비를 맞는다

법비가 주룩주룩 마음에 내린다

구석구석 법 스며들고

법으로 가득 찬 선線

선線 가부좌 눈을 내리고

싱싱한 법비를 받았다

46

선線 땅을 치솟으며

33천을 갈랐다

슬픔과 환희 발광과 무명…

땅들이 보인다

아승지 겁이 보이며

깨달았다

온 것이다 갔다가

간 것이다 왔다가

마음에서 벌어진 짓이다

동지들이 헐떡이며 오고 있다

무궁화 꽃이 피었습니다

신이 벌인 게임

47

그때도 그랬다

예수 명상 속으로 찢을 듯

들어 와 내 선 정리해 주고

선들에 묻은 미움 질투 교만… 털어주고

구차한 것은 명상 밖으로 밀어내고

······························

기도는 그쳤고

생생한 밀담

명상은 신과의 독대

세계를 확인하고

고개 젖혀 환희 알았다

48

석가가 그랬다

믿지 못하는 영혼

목덜미를 잡고

끌어 올렸다

무작스러웠다 손목

저항이 컸기에

거칠게 어깨를 뭉텅 잡고

끌어당겼다

끌려가는 영혼

그의 주먹에 멍이 들었다

머리채를 잡고

머리 들어 올려 환희를 보여줬다

49

아담의 원죄부터

이어온 죄의 역사

뚝뚝!

죄가 흘렀다

예수는 그랬다

죄를 그렇게 씻었다

쾅쾅!

못소리로 죄를 씻어주었고

석가가 말했다

"보좌에 앉은 예수를 보았다"고

50

'아들의 십자가'

석가가 귀에다 예수 넣어주었다

많은 별들에서 오는 우주인들

보좌를 포기하는 외계인들

지구 씻어주려고

밤이면 별을 보는 습관

별은 설레임

별에 기도 들어있음을

팡!팡! 강한 빛은

지구에 던지는 기도

51

예수는 떠났다

먼 별 가면서 남겨둔 건

기도 깊어질 때

들어오는 성령의 선線

두 선은 하나가 되고

우주로 치솟게

석가도 떠났다

붓다로 떠나면서

명상 깊숙할 때

먼 길 확 열어버리는

불성 두고 갔다

52

세례의 물 젖어 들며

영혼 우주로 젖어 들며

우주인으로 염색되던

머리 깎으며

한올 한올 떨어지면

지구인 떨어지며

우주인으로 염색되던

53

늙음에 설레었다
비로소 달라졌다
듬직함은 뭔지
무섭지 않음은 뭔지
미소는 뭔지
담대함은 뭔지

54

격하게 예수 안기까지
석가 갈피갈피 읽기까지
시간 공간을 방황으로 보냈다
흔들릴 때까지 흔들렸고
철저히 의심하고
악착같이 복기하고
병까지 얻어버린
밤에서 밤으로 연결되고
석가와 예수가 연결되면서
지구인의 구멍이 메워졌고
선線이 이어졌다

55

LONG LONG AGO

우주 한별에선

우주 부르는 알라 비로자나불 하나님

세 발음 틀리다는 이유로 -단지-

싸움이 끝나지 않았다

수억의 별 수억의 색으로 우주를 부르는데

LONG LONG AGO

56

모세가 삼매에 들었다

한 별 시나이 산에서

신과 얘기하던 모습으로

먼 길 왔다

시리우스 플라리스 베가 아르크투르스…

우주를 걸었다

여행한 것이다

용수 가부좌 기도하고 있다

인도에서 수행하던 상태로

나그네로 걸었다

스피카 알파별 베타별 감마별…

인도 전부터 걸었다

57

멀리 걸은 것이 깨달음 됐다
시간 공간 선線으로 걸은 것이다
우주 다닌 것
도착한 것
우주 밟는 것
여행지 우주
여행이 깨달음이다

58

레굴루스 걷는 것은

바울이다

동반자는 사리자

등불을 비춰주며

동반자

침묵 수행

방해하지 않는다

레굴루스에 있지만

다른 별에 있기도

먼 거리 떨어져 걷기도 하는

같은 지구지만

인도 예루살렘에 있었듯

59

수보리

안타레스 지나고 있다

다윗 지나간 발자국 있다

수보리 안타레스 두 번 지나고 있다

밝기가 맘에 들어서

다윗은 리겔 밝기 좋아한다

별들 –이번 빅뱅– 시들해지면

블랙홀로 들어가

다른 별 뱉어놓을 것이다

시들함 우주에 없다

60

베델게우스 사랑하는 가섭존자

베델게우스 진동이 좋다

진동은 미소다

별에서 온 아기들은 자면서

미소 -배냇짓-한다

지구에 왔지만 베델게우스 진동

기억하고 가섭처럼

미소 짓는 것이다

61

푸루시안에 염색 된 아브라함
다시 &*^별에 물들고
!@#별에 그을리기도
아브라함은 색이 좋다
염혜지의 고수

*&^별에서 법의 비를 맞는 것은 사울이다
지구에서 실수한 적 있었지만
파란비 보라비 초록비……
법의 비에 삼매다
법운지의 고수

62

예수 12 제자 석가 10대 제자

우리 은하 중심에서 환희 PARTY 한다

?〉"별에서 주황빛 보내고

ㅃ!@별에서 빨간빛 보내고

......

빛들이 섞이며 환희는 폭발해 불꽃을 터트렸다

불꽃은 지구에 협박 편지 됐고

63

모세는 앞서고 용수는 뒤서고

과거가 미래 되고

시간이 섞이면서

째깍째깍 시간이 너그러워졌다

찰나의 별 영원의 별

모세의 공간

용수의 공간

공간이 합치며 한 우주가 됐다

시공이 하나

64

베드로 수보리는 물들었다
우주 바탕 사랑의 깊이에
사랑 하나로 물들었고
베드로 수보리가 섞인
강력한 사랑
지구로 쏘았다
십지의 미사일
섞일수록 가속이 붙어
사랑 폭발하며
지옥에 SML 미사일 폭격했다
우주 전쟁

65

사리자 요한은 %$#별에서

먼지를 털어주며 %$#별을

이구의 땅으로 만들었다

더러웠던 별에서

결코 믿을 수 없었던

사리자와 요한

%$#별에서

불경 성경 증명하고 있다

66

기어이 그러셨다

환희 모르는 한 별에서

울던 베드로 수보리 요한 사리자…

그들을 기어코 십지에 도달하게

별들에 물들어 성불하게

신의 고집

슬플수록 고집은 강해

갇힌자 찌든자…

별들은 더 빤짝였고

별의 빤작임은 오히려 통곡이었다

아플수록 빛은 추락하듯

깊은 암연에 비쳤고

별들의 간곡한 설득이었다

67

마침내

추락하던 별들의

떨어짐이 멈추고

우주 MISSION 이룰 것이다

10지 우주 군사기지

빛 색 진동의 특전사들 이룰 것이다

진화 없는 별에

포화 상태 사랑을 발사하고

특전사들 땅에 투하하며

땅은 진화할 것이다

멀지 않는 때

68

베드로 수보리 요한 사리자 마태 가섭 마가…

손을 잡고 선혜 난승 부동 염혜 법운…

십지로 가고 있고

진화의 목적

'보시기 좋았더라'

목표 이루고 있다

69

마리아와 아소다라

별에 기대 웃는다

입술 미소에 젖어 있고

그들도 우주 어느 별에선

울었고 공허했다

많은 별을 다녔고

10지 별을 보고 웃지 않을 수 없었다

70

쓸모없는 별은 없다
누추한 별에도
더러운 별에도
불성이 있고 성령이 있다

71

별이 먼저인지

영혼이 먼저인지

별이 영혼을 물들였는지

영혼이 별을 물들였는지

십지의 마음이 별에 펼쳐 놓은 건지

별의 ENERGY 마음에 펼친 건지

힉스 속에 마음이 있는지

원소가 있는지

터져 나온 빅뱅은 원소인지 마음인지

불경을 오래 본 후 마음 같아

"아닌가?"

72

별에 걸터앉은 아소다라 성경을 외고 있다

"여호와는 나의 목자시니……"

별에 앉은 마리아는 불경을 외고

"관자재보살 깊은 바라밀다를 행할 때……"

73

마리아 예수 사랑한 얘기

아소다라에게 했고

아소다라 석가 사랑했던 얘기를

먼 별에서 사랑은 깊어

마리아 예수가 되고 석가 아소다라가 되고

석가 예수가 되고

아소다라 마리아가 되고

그렇게 우주가 되고

우주 사랑이 됐다

74

우주 별 중 하나의 별에선
모든 것이 갈라지고 모래알처럼 부서져
낱낱이 분열됐고
다르다고 미워했고
다르게 부른다고 찔렀고
사상을 아기들에 주입했고
찢겨진 역사를 이어가고 있다
아직도 어느 별에서

.

75

마태 ?〉〈별 온 후 시 썼다

쓰지 않을 수 없었다

)(*별에서 가섭존자 춤을 췄다

추지 않을 수가 없다

~!@별에서 아브라함 그림을 그리고

사리자 %&@별에서 철학을…

춤출 수밖에 시 쓸 수밖에…

땅 자체가 환희지

76

우주 걸어 기쁨의 땅에 왔다

수보리도 베드로도 가섭도 바울……

낮은 땅의 기억

그 땅의 영혼

그 땅에 골몰하던

기쁨을 포기하고 뛰어내리던

세상을 버리던

그 땅에서 왔다

신비

77

중생 때문에 우는 별 없다

믿기에 우주

튼튼히 설계된

불균형은 없고

구멍 난 덴 없으니

잠시 고통에 있으나

올라올 것이다

시간과 공간은 그 방향으로 구성됐으니

78

별132 별090 서로 알고

아니 별들 모두 서로 알고 있다

타심통으로

요한과 가섭도 알고

이스라엘 있었고 인도 있었고

다른 나그네 길을 걸어도

같은 우주인이란 것 타심통으로 알았고

별 우주를 알고 있고

천안통으로 천이통으로 누진통으로……

아승지 겁으로 시공을 재는 우주는

십통만 거래 단위다

79

모세는 수보리를 위해 수학을 했다

빛 속도 보다 빠른 속력 계산하고

수보리는 모세를 위해 도형을 했고

별모양 관측 해줬다

베드로가 가섭을 위해 천문학을 했고

가섭은 베드로를 위해 기하학을 했다

....

따로 또 같이 성장했고

12 제자 10대 제자 서로를 위한 자신을 위한

이야기했고

이야기는 지구 침입 계획

이야기는 절실했고

시급한 과제

80

별은 충분했으니
별이 충분하지 않아도
별을 두고
전쟁하지 않았고
아름다움 충분했기에
충분하지 않아도
아름다움으로 질투하지 않았다
충분한 기쁨이기에
기쁨으로 시기하지 않고
가지려 하지 않았으나
이미 가지고 있었고
지구에서부터
한 발짝 안으로 들어가면
우주가 가득하니

81

마태를 위해 물리학 하는 도마

같은 323별에서 마태도 물리학

물리학별 된 323별

이공계 별들 전투기지

전쟁 시나리오 설계하고

오로라 폭격하고

무지계 공중투하한다

슬쩍쓸쩍 UFO 구름 속에서 진동을

피폭시키고……

82

ㄹqw별 회계학별 된 건

압살론 명상 덕이다

수행 속 깊이 숫자

명상했기에

우주 세는 찰라, 겁, 아승지, 나유타…

회계할 수 있었고

압살롬 머무는 ㄹqw별 우주 회계 기지

지구 잘못 만회하려고 압살론

치밀한 회계로 남긴 '풍성'

지구로 팡팡! 팡! '풍성' 발사한다

지구 침공이다

불교문예시인선 • 050

열 개의 땅

ⓒ박지애, 2022, Printed in Seoul, Korea

초판 인쇄 | 2022년 6월 20일
초판 발행 | 2022년 6월 30일

지은이 | 박지애
펴낸이 | 문병구
편　집 | 구름나무
디자인 | 쏠트라인saltline
펴낸곳 | 불교문예출판부

등록번호 | 제312-2005-000016호(2005년 6월 27일)
주　　소 | 03656 서울시 서대문구 가좌로 2길 50
전화번호 | 02) 308-9520
전자우편 | bulmoonye@hanmail.net

ISBN : 978-89-97276-66-0 (03810)
값 : 13,000원